郭伟 郭弈茗 —— 著

上海社会科学院出版社
SHANGHAI ACADEMY OF SOCIAL SCIENCES PRESS

图书在版编目（CIP）数据

此系集 / 郭伟，郭弈茗著.—上海：上海社会科学院出版社，2021
 ISBN 978-7-5520-2846-1

Ⅰ.①此… Ⅱ.①郭… ②郭… Ⅲ.①诗集—中国—当代 Ⅳ.①I227

中国版本图书馆 CIP 数据核字(2021)第 208945 号

此系集

著　　者：郭　伟　郭弈茗
责任编辑：王　芳
封面设计：徐　蓉
出版发行：上海社会科学院出版社
　　　　　上海顺昌路 622 号　邮编 200025
　　　　　电话总机 021-63315947　销售热线 021-53063735
　　　　　http://www.sassp.cn　E-mail: sassp@sassp.cn
排　　版：南京月叶图文制作有限公司
印　　刷：镇江文苑制版印刷有限责任公司
开　　本：890 毫米×1240 毫米　1/32
印　　张：8.75
字　　数：201 千
版　　次：2021 年 12 月第 1 版　2021 年 12 月第 1 次印刷

ISBN 978-7-5520-2846-1/I・444　　　定价：59.80 元

版权所有　翻印必究

紫，疵也，非正色。五色之疵瑕，以惑人者也。

——题记

目录

CONTENTS

马角语 001

卷首诗 003
- 广寒曲 004

蓝色德里达 005
- 幽灵书店 006
- 两小猜 007
- 答辩 008
- 寂寞之城 009
- 语言 010
- 法兰克福学派与果酱或果酱与法兰克福学派 011
- 果冻食用说明 012
- 外地考察归来 013
- 足之蛇 015
- 东朝阳 017
- 史诗：那家超市 018
- 史诗：曾经的好胃口 019
- 骨肉相连 021
- 罢园 022
- 食谷者生 023
- A Valediction: Simulated Death 024
- 现象 504 025
- 荷香排骨 026
- 山妖岭 027
- 悍妇 028
- 十个人的战争 029
- 蒲公英 030
- 土木 031
- 几乂 032
- 寻狐记 033
- 寻佛不遇 034
- 南娱 035
- 蒙戈片断 036
- 微叙事：星期三 037
- 微叙事：在长春想念桂林的姑娘 038

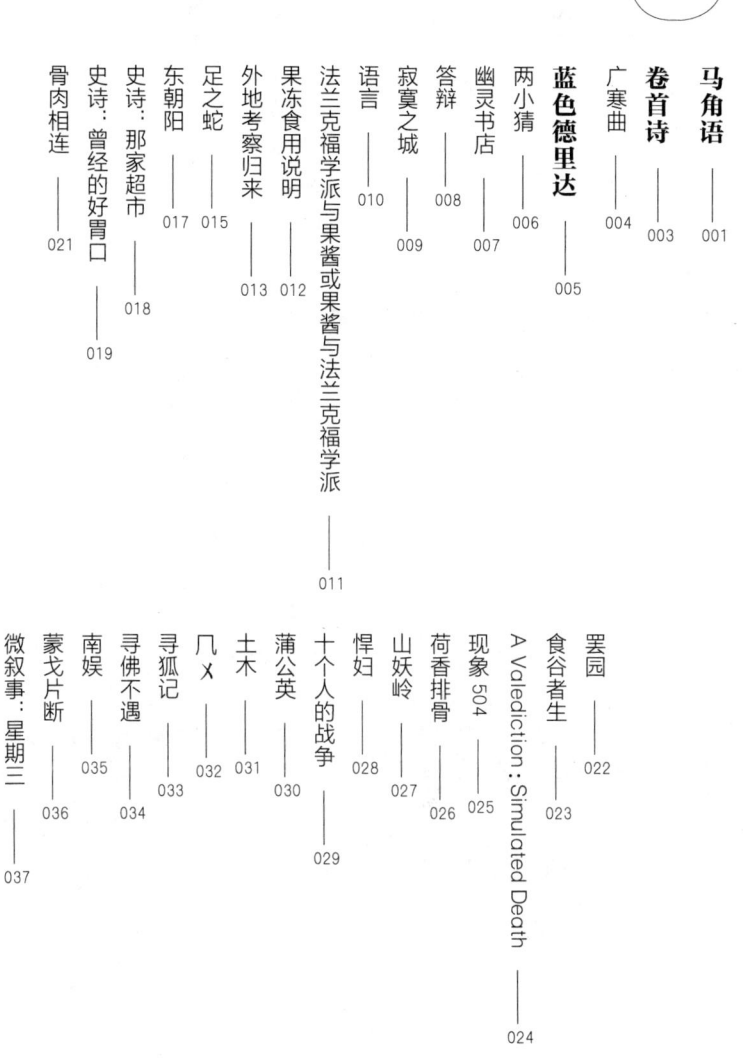

001

辑一

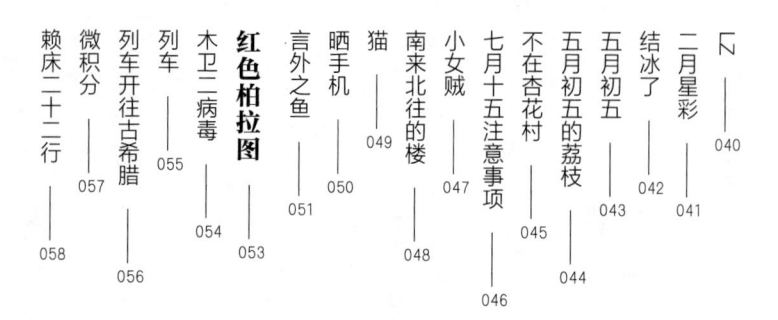

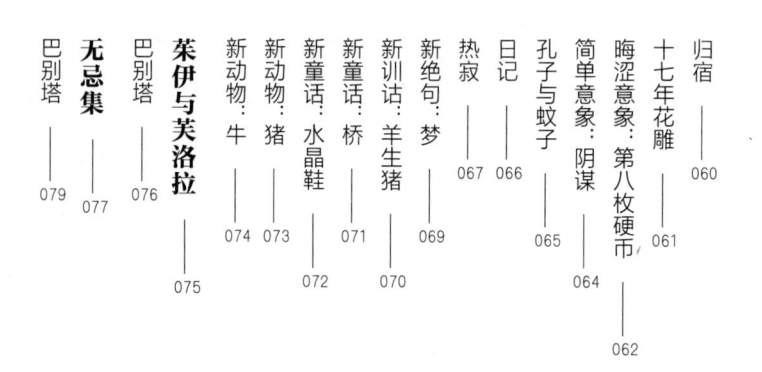

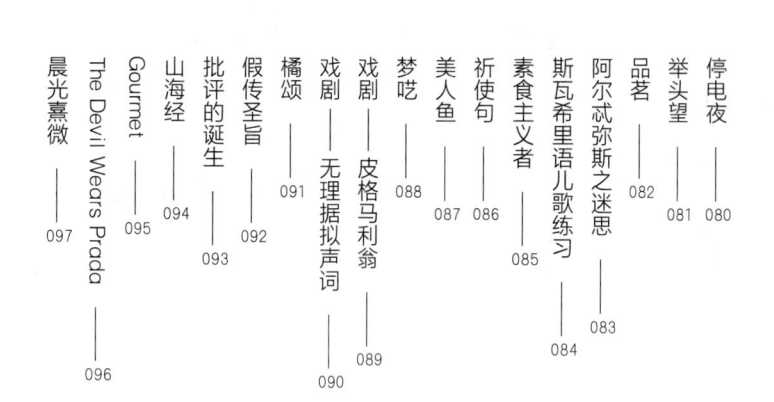

- 二月星彩 —— 040
- 结冰了 —— 041
- 五月初五 —— 042
- 五月初五的荔枝 —— 043
- 不在杏花村 —— 044
- 七月十五注意事项 —— 045
- 小女贼 —— 046
- 南来北往的楼 —— 047
- 猫 —— 048
- 晒手机 —— 049
- 言外之鱼 —— 050

红色柏拉图

- 木卫二病毒 —— 051
- 列车 —— 053
- 列车开往古希腊 —— 054
- 微积分 —— 055
- 赖床二十二行 —— 056
- —— 057
- —— 058

- 归宿 —— 060
- 十七年花雕 —— 061
- 晦涩意象：第八枚硬币 —— 062
- 简单意象：阴谋 —— 064
- 孔子与蚊子 —— 065
- 日记 —— 066
- 热寂 —— 067
- 新绝句：梦 —— 069
- 新训诂：羊生猪 —— 070
- 新童话：水晶鞋 —— 071
- 新动物：桥 —— 072
- 新动物：猪 —— 073
- 新动物：牛 —— 074

茱伊与芙洛拉 —— 075

无忌集

- 巴别塔 —— 076
- —— 077

- 巴别塔 —— 079

- 停电夜 —— 080
- 举头望 —— 081
- 品茗 —— 082
- 阿尔忒弥斯之迷思 —— 083
- 斯瓦希里语儿歌练习 —— 084
- 素食主义者 —— 085
- 祈使句 —— 086
- 美人鱼 —— 087
- 梦呓 —— 088
- 戏剧——皮格马利翁 —— 089
- 戏剧——无理据拟声词 —— 090
- 橘颂 —— 091
- 假传圣旨 —— 092
- 批评的诞生 —— 093
- 山海经 —— 094
- Gourmet —— 095
- The Devil Wears Prada —— 096
- 晨光熹微 —— 097

- 枣树 —— 098
- 高山仰止 —— 099
- 日晚倦梳头 —— 100
- 现象学戏剧——回到事物本身 —— 101
- 戏剧——指鹿为马 —— 102
- 戏剧——声东击西 —— 103
- 保鲜冰箱 —— 104
- 发号施/诗令 —— 105
- 戏剧——康定斯基 —— 106
- Plan B —— 107
- 戏剧——擒王 —— 108
- 戏剧——夜凉风静天将雪,星月结伴食素去 —— 109
- 戏剧——批发价 —— 110
- Olaf —— 111
- 同甘·共苦 —— 112
- 谁动了我的葡萄 —— 113
- 戏剧——时光的力量 —— 114
- 咒语·变奏 —— 115
- 玛特廖什卡 —— 116
- 戏剧——通感 —— 117
- 戏剧——混沌馄饨 —— 118
- 戏剧——禅定 —— 119
- 商籁体——Do You Know the Muffin Man —— 120
- Light Is the Left Hand of Darkness —— 121
- Chung Kwei the Lion —— 122
- 戏剧——传道 —— 123
- 免票 —— 124
- 戏剧——叙事圈套 —— 125
- 戏剧——Lucky Dog —— 126
- 地瓜 —— 127
- 戏剧——贪吃兔 —— 128
- 戏剧——Ballerina —— 129
- 大音希声 —— 130
- 无为有处有还无 —— 131
- 午后的卡梅莉亚 —— 132

003

流明 —— 133

烟为伊之眸 —— 134

夜 —— 135

月之牙 —— 136

戏剧 —— 菜单 —— 137

凯鲁亚克 —— 138

Common Cold Controllable —— 139

荒诞叙事学 —— 易武薄荷塘 —— 140

戏剧 —— 它走 —— 141

桑德堡之雾 —— 142

不速之客 —— 143

Ambrosia —— 144

阿基米德与笛卡尔 —— 145

Alien Language, Uninteresting Is Nonsense —— 146

戏剧 —— Hush —— 147

Aiwha —— 148

Everyday Use —— 149

三字诗 —— 150

作 = 息 —— 151

戏剧 —— 变形记 —— 152

荒诞叙事学 —— 遂造巨鱼 —— 153

荒诞叙事学 —— 恐龙故事 —— 154

戏剧、密糖 —— 155

戏剧 —— 学舌 —— 156

戏剧 —— A Capable Interpreter Is All Your Highness Need —— 157

戏剧 —— 道具 —— 158

陋室铭 —— 159

记叙文 —— 160

戏剧 —— 小者司夜 —— 161

戏剧 —— Cornucopia —— 162

戏剧 —— 曼舞侏罗纪 —— 163

Frost and Fire —— 164

Melancholy Mozart —— 165

戏剧 —— 奇点 —— 166

荒诞叙事学 —— Don't Bump the Glump —— 167

004

- 拟声词 —— 168
- Time is an illusion... —— 169
- 话语权 —— 170
- 两只老猫 —— 171
- 述行 —— 172
- 荒诞叙事学——白垩纪往事 —— 173
- 荒诞人种志——卡拉桑尼人 —— 175
- 轻食主义 —— 176
- 他者 —— 177
- 荒诞叙事学——姚五与金花 —— 178
- 无字天书 —— 179
- 荒诞叙事学——蛋黄及其他荒诞程度不一的故事 —— 180
- 卡明斯的十六 —— 182
- 戏剧——语言哲学 —— 183
- 荒诞叙事学——柏拉图的药 —— 184
- 树屋，或非自然叙事学 —— 185
- Binary Opposition —— 186
- 零点壹度时光 —— 187
- Scented —— 188
- 玄武 —— 189
- 冷焰 —— 190
- 让梨 —— 191
- 荒诞叙事学——成语故事两则 —— 192
- 古生物学 —— 193
- 戏剧——但糕 —— 194
- Entropy —— 195
- 太空歌剧 —— 196
- 绕口令，或曰，前置定语形容词位置关系研究 —— 197
- Sophist —— 198
- 太初有言 —— 199
- Cuisine —— 200
- 江之永矣 —— 201
- 布鲁姆与诺丽 —— 202
- 戏剧——真相 —— 203
- 荒诞叙事学——彩云 —— 204

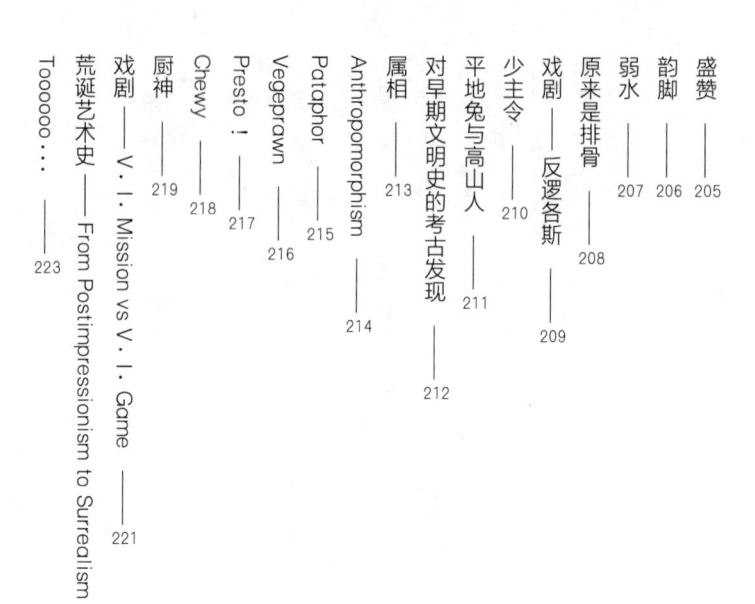

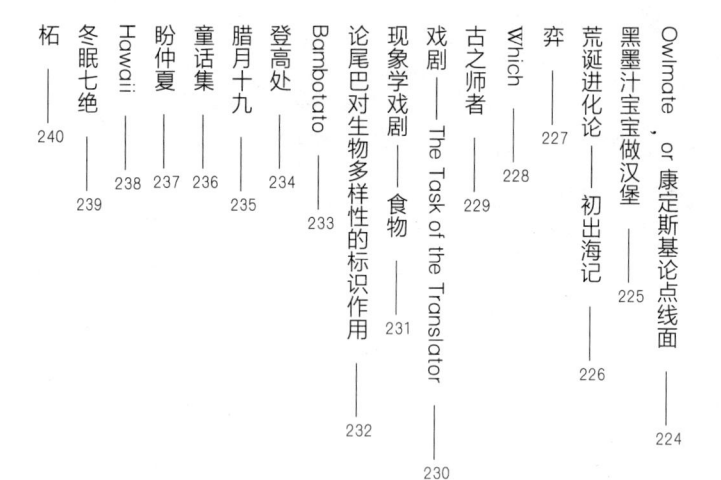

盛赞 —— 205
韵脚 —— 206
弱水 —— 207
原来是排骨 —— 208
戏剧——反逻各斯 —— 209
少主令 —— 210
平地兔与高山人 —— 211
对早期文明史的考古发现 —— 212
属相 —— 213
Anthropomorphism —— 214
Pataphor —— 215
Vegeprawn —— 216
Presto！—— 217
Chewy —— 218
厨神 —— 219
戏剧——V．I．Mission vs V．I．Game —— 221
荒诞艺术史——From Postimpressionism to Surrealism —— 222
Toooooo… —— 223

Owlmate，or 康定斯基论点线面 —— 224
黑墨汁宝宝做汉堡 —— 225
荒诞进化论——初出海记 —— 226
弈 —— 227
Which —— 228
古之师者 —— 229
戏剧——The Task of the Translator —— 230
现象学戏剧——食物 —— 231
论尾巴对生物多样性的标识作用 —— 232
Bambotato —— 233
登高处 —— 234
腊月十九 —— 235
童话集 —— 236
盼仲夏 —— 237
Hawaii —— 238
冬眠七绝 —— 239
柘 —— 240

006

- 细腰亚目之针尾部之蜜蜂科各物种 —— 241
- 关于动物游乐园的唐诗 —— 242
- 米其林菜品二则 —— 244
- 同音字·唯名论·拓扑学 —— 245
- 鲲 —— 246
- 万圣节 —— 247
- 午觉 —— 248
- 龙骑士 —— 249
- 生物朋克 —— 250
- 白雪公主 —— 251
- 戏剧——博弈论 —— 252
- Free Association —— 254
- Rain，Rain，Go Away —— 255
- 一七辙 —— 256
- 逗你玩 —— 258
- Terza rima —— 259
- 荒诞叙事学——我和我 —— 260
- 荒诞叙事学——发氏姐弟奇谭 —— 261
- 存在先于本质 —— 262
- 符码丛林 —— 263
- Reclulu Centops —— 264
- 狮峰新茗命新名 —— 265
- 荒诞叙事学——南怪 —— 266

无忌科幻奇幻别裁集 —— 267

蛇足言 —— 268

马角语

诗，不论是什么，首先是语言。对语言的敏感和对语言之可能性的好奇，驱使我写下每一首诗。其中不乏文字游戏、戏谑调侃。其实，写作的每一次探险，正是要唤起对语言本身的关注。在诗中，语言不再是透明的表意工具，当语言不再透明，其本身的质感便凸显出来。

至于语言之外的"洞见"，如果有的话，其呈现方式绝不可能是无蔽直言。"此中有真意，欲辨已忘言"。然而毕竟还是诉之于言了，诗就是那个说出的部分。

"此系"二字，是"紫"的谬误拆字。作为怪诞的书名，"此系"并非具体意象，亦非抽象概念，而是一个开放、待补充的语法结构，它是面朝未来的姿态。

卷首诗

广寒曲

兔子兔子兔子
白的兔子　灰的兔子　花的兔子
红的兔子　蓝的兔子　绿的兔子
青铜兔子　赤铁兔子　水晶兔子
陶瓷兔子　玻璃兔子　紫砂兔子
可爱兔子　流氓兔子　牛仔兔子
纯棉兔子　亚麻裤子　真丝裤子
长裤子短裤子　七分八分九分裤子
一条腿裤子两条腿裤子三条腿裤子
西装革履兔子　道貌岸然兔子
真兔子　假兔子　假戏真做兔子
礼貌兔子　粗鲁兔子　红烧兔子
年轻貌美兔子　七老八十兔子
大兔子　中兔子　小兔子　小兔崽子
嫦娥兔子　吴刚兔子　私奔兔子
守猪兔子　三哭兔子　肚子疼兔子
死兔子　鬼兔子　大灰狼兔子
　　　一千只兔子
这就是　广寒曲了
一千只兔子的寂寞
这就是　广寒曲了

蓝色德里达

两小猜

九门洞的牛小兔
皱眉　煮面　吃草
东南角的马小白
眯眼　酿酒　砍柴

她们　三心二意
她们　七嘴八舌
她们　有锋利的牙齿
相视一笑　星月满怀

塞浦路斯的阿多尼
吹牛　挖井　种树
拉特莫斯的恩底弥
撒娇　赖床　发呆

他们　十拿九稳
他们　一清二白
他们　有锋利的面孔
时光　却把希腊掩埋

生活的骨头　晦暗阴郁
美艳的咒语　掘坟盗墓

幽灵书店

细密的书脊　遮蔽
清瘦的光线　以便
在难以转身的局促里
容纳更多语言

语言　是沉默的语言
钩沉索隐　卷帙浩繁

这是谁的书店
精制如瓮　尘封千年
这是谁的书店
隐喻奇巧　措辞惊险

这是谁的书店
这么多　晦涩的幽灵啊
不可读　是阅读的寓言

答辩

礼拜天　魔鬼们都去礼拜了
恰好赶上　儿童节
该隐和亚伯跑去荡秋千

凉风掠过夏天的脊梁
一个寒战　落下雨来

他在冰冷的硬板凳上
拆解古典主义
她在质询的众目睽睽下
折磨伽达默尔

礼拜天　魔鬼们都去礼拜了
儿童节　该隐和亚伯跑去荡秋千

没有比这更寂寞的
没有比这更寂寞的

他在一间空荡荡的屋子里
描述他者之主体性
她在另一间空荡荡的屋子里
寻觅不可译的译文

寂寞之城

是把窗子打开　放阳光进来
还是把门打开　放自己出去
这不是一个问题　至少
不是一个命运攸关的问题

形而上的苦恼　被关在
语言无法触及的虚空里
徒劳的思辨　慵懒的韵脚

那没什么　因为那什么也没有
任何城市　在狂风大作的季节
都大不过　一间屋子

语言

每一次　有头没尾的招呼
都是　筹划千年的阴谋

就算你想　像剔鱼刺一样
把诗中的意象　消解干净
丰硕的肉质里依然会包藏
细腻的骨头　直刺咽喉

每一具尸体　都艳美成鬼
死而不朽
逻辑　溢出文本
理据　无根之舌

每一次　有头没尾的招呼
唇红齿白　声声肥硕

法兰克福学派与果酱或果酱与法兰克福学派

对不起

我把这个题目　弄成这个样子

活像一只　三明治

如果形而上的学问　真能当作面包

那世界上将会　免去多少饥馑

这是　真人真事

法兰克福学派　和果酱

的确共同出现

此事关系到　语言　文化

意识形态　和笨拙的求婚

问题在于

斯人已经移民　不知所终

究竟是先有的法兰克福学派

还是先有的果酱

真的　成了悬案

果冻食用说明

请勿　一口吞食

三岁以下儿童　不宜吞食
老人须在　监护下吞食

请正确吞食　请恰当吞食
请不要误吞误食

请在胀袋儿前吞食
请在有异味儿前吞食
请在洪水泛滥前吞食
请在末日审判前吞食

光阴似箭　时不我待
请务必　一口吞食

外地考察归来

我刚刚去了一趟外地
速去速回
主要是考察一下
食品的储备

要说这外地
也不算太远
一闪念的工夫
就走了个来回

风土人情　并无大异
衣食住行　……
对了　我主要是
去考察一下
食品的储备
够不够今夜的补给

三颗土豆　一把蒜苗
还有福源馆的
半袋儿梅花糕
我们生活的世界
多么狭小

就好比　我所说的外地
指的正是　家中厨房
当然　也有人管这叫
外屋地

足之蛇

足之蛇　说的是

遥远的东方　那一天

还没喝就醉了的民间画家

画蛇添足之后　的蛇

足之蛇　说的是

遥远的西方　那一天

贩卖苹果的小商人撒旦

被罚没脚掌之前　的蛇

当然　你也可以说它是

足智多谋的蛇

举足轻重的蛇

丰衣足食的蛇

情同手足的蛇

当然　没有哪条蛇是假冒的

任人阐释的蛇

仰儿八叉四脚朝天

任人阐释的蛇　是

白蛇　青蛇　花里胡哨蛇

见到这题目中的蛇

千万啊　莫要悚惧
它也许正是诗人思春之蛇
足迹里　是那绯红的花朵

东朝阳

这座城　不
转眼之间　已经
应该叫　那座城

东　不一定总是朝阳的
西　也未必总不朝阳
斯　早已经消失了
同志街还在　民主路还在
符拉迪沃斯托克　也还在

只是　城　总比人大
丛林　渐迷人眼
而这个比喻　毫无益处
因为我　对于丛林
并不比城市更加熟悉

这种喻指　只不过是让人
迷失在　双重陌生的符号里
就像这座　丛林般的城市
飘忽在　语言的肌肤里

史诗：那家超市

他总是想着　和他的小情人
去逛逛大超市　在城市的晚上
超市里　人不多也不少

他们总是　在一楼的食品区
游来荡去　兴高采烈地　拿起一些
激动人心的　小巧包装
她们精致得　就像　月光下的
新娘　略带羞涩　风情万千

每到这时　他总是　试图去理解
波德里亚　关于　消费社会的逻辑
幸福　诡异地　回眸一笑
谎言　引人无限欲望

他们总是　心满意足地
捧着几样　小巧的幸福
在收银台前　寻找最长的队伍
当然也不会忘了　顺便挑选
一小卷儿　水果味儿的蕾丝

是啊　他总是在想
为什么　他从来没能　和她去逛逛
那家　秀色可餐的超市

史诗：曾经的好胃口

他回想　他们曾觅食的地方
实在是　多得　数不胜数
似乎　渤海湾的　每一处
大小餐馆　都是他们的座上常客
那些精美的食物
遮蔽着形而上的痛苦　恰到好处

他们总是乐于　搞些研发创新
把白兰地兑进沸腾的野生菌锅
就着免费的大麦茶　邀朋宴友
每一顿饱餐后　的苦恼　必定是
下一餐的去处
而用来构思的惬意时光
总是在小茶馆的丝袜中度过

他们总是共同见证　戏剧性的场景
巴蜀那家的　老板娘
冲着她男人的小蜜　河东狮吼
以及大盘鸡隔壁的
儿童　虐待一个更小的儿童

唯一的一次例外

是百盛店庆的那个中午
她设法失踪　而他遛进那家
三张桌的小店
喝一碗　与羊无关的羊汤
热气腾腾的羊汤　温暖了谁的一冬

后来她南下　继续　食肉而瘦
他则北上　素而发福
渤海湾令人垂涎的记忆啊　就好像
李记那循环往复用之不竭的代金券
让他们　饕餮至死　　就好像
曾经那些精美的食欲　撒满夜空

骨肉相连

我倒要看看　他们把这个词
演绎成了　什么样子

骨肉相连　就是
就是　骨肉相连
骨头　　　和肉
　　　连在一起

白色的骨头　红色的肉
原来真的是　骨肉相连
当然真的是　骨肉相连

回到事物本身　回到事物本身
真材　实料　本义　还原
究竟是剥离了文化的老茧
还是迷彩乔装的变幻

是否该回到食物本身
是否能回到食物本身
好辣！

罢园

快吃点吧　眼看就要罢园了
再吃点吧　再吃就要等明年了
这是
今年最后的西瓜
今年最后的黄瓜
今年最后的绞瓜
今年最后的瓜分盛宴

明年　它们还会　如约而至
而明年　肯定有人　已无此口福

食谷者生

我对土地　没有任何概念
但我开始　热爱粮食
娜娜说　热爱粮食
是生命的开始

我目睹创伤　目睹忧郁
目睹历史的得逞
但我开始　热爱粮食

我对饥饿　没有任何概念
但我开始　热爱粮食
以娜娜的名义
我终于开始
热爱　粮食

A Valediction: Simulated Death

——他已躲到死亡的拟像里

Bau 德里亚　Bau 德里亚
你一定要当面告诉我
你真的已经　死了
你一定要亲口告诉我
你真的已经　超越了
这个充斥着拟像的
消费社会

否则　让我如何相信
这不是　你所痛斥的
大众传媒　的又一次
恶性炒作

九十年代你曾说过
海湾战争并未发生
你真是个　狡猾的老狐狸
死也要让真相　不得安生

现象 504

迟到的胡塞尔
一路狂奔
就好像
去赶一列生死未卜的火车

七十九岁的老胡塞尔
气喘吁吁爬上五楼
没见到一个人

荷香排骨

他终于遇到　表达的焦虑
她说　你还有什么可说的
他想了想　什么也没说

那一年　他看到　语言
是如何　以毒为药

荷香排骨　何香排骨

山妖岭

她们　把酒　喝醉了
把每一杯　都喝醉了
把每一滴都　喝醉了

异域的言语　碎了一地
晶莹得　就像
她们　性感的泪水
酒香四溢

悍妇

春　已伸出她的魔爪
肆意一挥　就
抓花了　大地那
苍白了一冬的脸

十个人的战争

一个傻子一个疯子九个骗子
傻子说　我是你的大海
一个疯子九个傻子半个胖子
疯子说　救救孩子
若干男子若干女子若干孩子
骗子说　一片海两片海三片海

蒲公英

是的　他们都是这么说的
"见鬼了"
而且常常信誓旦旦
"真是见鬼了"
有时也表明一下
自己尚在阳间　有惊无险
"真是活见鬼了"

可他们　从来不对此进行
更加详细的描述
比如说　所见之鬼的
高矮　胖瘦　容貌　性格
抑或　形影光泽气味音色
语法化的进程
难免让人　心怀不鬼

也就蒲公吧　还能陪咱唠唠
眉飞色舞地　数一数
博山的豆腐箱儿里　究竟
盛着多少　貌美如花的鬼

土木

一城水魅

春舞如刀

左岸

　右岸

　　凸凹

风

长春的风
挤进门缝

在王小妮的寝室
我想
整个长春
就这样
挤进门缝

寻狐记

从博山到淄川的
整个冬天里
我　修炼千年
只为　做一回书生

寻佛不遇

终于还是　让给了包子
大悲禅院　退至夜暮

芸芸众生　异化成
慈悲的道具
海河岸边的放生
两盆泥鳅　一阕佛经

寂灭时难生亦难
莲瓣　藕片　空
妄想　执着　破

南娱

东南角的悦荷楼的东南角
晾晒着　三楼的更夫
晾晒着　荷叶包饭
荷叶排骨　荷叶糯米鸡

没有一只鬼影的　南娱
虾不开背　鱼不剔骨
店门婆娑　月白星稀

蒙戈片断

西拉木伦的燕子
漆黑的弧线
比视线还低

年幼的科尔沁
她一隅静坐
飞翔　只是一瓶隐喻
来自狭小的振兴超市

狭小的　隐喻　太新了
而世界　却已经这么老

微叙事：星期三

五月三日　是他去拔牙的日子
不　五月三日　是她去扎耳朵眼儿的日子
那五月三日　他在哪里？
让我想想　那一天　周三　他应该是
在那副漂亮的耳钉里

大胡同的小首饰　光闪闪的
便宜的那些　都是真的
昂贵的那些　都是假的
海河　窄得　让他窒息

那哪一天　才是他去拔牙的日子？
也是在五月的　某个星期三吗？
拔牙的那一天　想必是个
麻醉　疼痛　泪光闪闪的日子

微叙事：在长春想念桂林的姑娘

他在长春

想念　桂林的姑娘

遥远的桂林

遥远的姑娘

冬天　是沉默的季节

雪　把整个桂林

染成白色

他想念着的姑娘

就在桂林白色的风景中

此时的长春

和桂林一样寒冷

他怀中仅有的

一点点温暖

能否温暖

桂林的姑娘

遥远的桂林

遥远的姑娘

沉默的冬天里

他在长春

傻傻想念着

桂林路　的姑娘

LZ

鲜枣
与鱼无关
与羊无关
与枣无关

鲜枣
用来腐烂

腐烂
与时间无关
时间
与季节无关

秋天
是黑天白天
欺压生灵的借口

只是借口
与鲜枣无关

二月星彩

星是假星星的星
彩是彩在脚下的彩

星是星星好的星
彩是不理不彩的彩

星是红星出墙的星
彩是彩花大盗的彩

星是二月星彩的星
彩是二月星彩的彩

结冰了

冬天与结冰
没有必然联系
结冰与寒冷
没有必然联系
寒冷与加衣服
没有必然联系
衣不蔽体与情欲
没有必然联系

为什么不联系
并不是不联系
而是不联系

他们装疯扮傻
就好像冻死的骨头
装聋作哑

五月初五

这是一个　诗人的日子
是一个　郁闷诗人的日子
一个　郁闷诗人郁闷于粽子的日子
这是一个　粽子的日子

满腹经纶才华横溢的粽子
忧　国　忧　民

举世皆浊　粽子独清
众人皆醉　粽子独醒
滴滴糯米泪　一颗红枣心

葬身鱼腹　葬身人腹
葬身两千两百年来的每个五月初五
准时无误地
拯　救　诗　人

五月初五的荔枝

不是说吃过几颗荔枝她
就是绝世美女了

他也实在不想以跳江的形式
变成诗人

一千颗荔枝摆在她的面前
等待着在腐烂之前被一一吃掉

他只是呆呆地陪她坐着
记不起都有些什么典故和传说

不在杏花村

活着的是活人
死了的是死人
清明　无雨
烧纸　适宜

这一天　活人和死人
会面　交谈　喝酒
勾肩搭背

这一天
没有不快乐的人
这一天
更没有坏脾气的人
不管死的　还是活的
都柔声细语　互诉衷肠
在每一个鬼火婆娑的路口
死去　活来

七月十五注意事项

不要　轻易出门
即便出门　　也
不要　到处走动
即便走动　　也
不要　穿越路口
即便穿越　　也
不要　心不在焉

小心　大鬼小鬼
勾去　三魂七魄

七月　不知所措
七月　反复嘱托

其实　世上的鬼
都是　胆小之鬼
就像　夜空温婉
就像　初秋羞涩

小女贼

小女贼　善夜行
失眠　二十余载

小女贼　每入夜
身形轻灵　越墙蹿梁
脚下红砖青瓦

小女贼　匿于图书馆之巅
翻弄古籍　夜观星相

小女贼　蹙眉如粥
小女贼　笑靥如茶
亦正亦邪　亦盗亦侠
从不伤人　偶尔伤心

二月十三　春分
束发　行于江河湖海

小女贼　身无细软
小女贼　挟人魂魄
小女贼　不知所终

南来北往的楼

八月的阳光　表情充足
一座座楼房　在街上行走

他们中规中矩　步伐稳健
或花枝招展　奇装异服
偶尔也能见到哥特式的尖顶
和青砖青瓦的老先生

当然　也有摇摇晃晃的醉汉
随时都会在和风细雨中倒下

可又有哪座建筑
能逃过残砖断瓦

当夜幕降临
众楼都停歇了脚步

楼中的人啊
愿你们安睡
安睡于　没有噩梦的角落

在每一个黎明之前
悄无声息的夜
黑得　像大地的头发

猫

他是一株　猫
枝叶繁茂

从元旦到圣诞
他是一株　不会走路的猫
不会追逐　不会逃跑

虎纹似的　火苗
跳动着燃烧
他静静地站在那里
替世界　掖掖被角

这是一株　多么忧郁的猫
形容枯槁
黄海之滨　黄叶织毯
谁是祭师　谁是牺牲
谁是猫

晒手机

把你们的手机　统统拿出来
一字排开　在朝南的窗台上
晒一晒
晒成漂亮的古铜色皮肤
信号充盈　电量饱满

把你们的
诺亚方舟　哈里摩托
都拿出来　晒一晒吧
在阳光灿烂的窗台

我们已经　被困在潮湿的被子里
背叛了　这暖洋洋的好天气
为什么不让手机们
沾染一些　阳光的香味

催命的电话　暧昧的短信
都拿出来　晒一晒
晒出健康　晒出美丽
古铜色的皮肤　还有皮肤癌

言外之鱼

那些傍晚

那些需要以灯照明的傍晚

那些冬天

天黑得很早

我总是游荡在前排

在大家眼皮底下

凿点壁　偷点光

思辨的以及实证的碎屑

应声而落

我们大张旗鼓地

讨论　寒冷和窗子的关系

我们添油加醋地

烹调着　言外之鱼

言外　鱼香四溢

我们　真诚地

流着口水　和眼泪

盐　是他者赖以生存的隐喻

倒是那熟透的言外之鱼

安安静静地　待在那里

偶尔转一转眼珠

偶尔摇一摇尾鳍

红色柏拉图

木卫二病毒

木卫二病毒　作为

偏正短语　表示一种

木卫二特产的病毒　或

者　由木卫二传过来的病毒　或

者　木卫二特产并

传过来的病毒　其

实　和火星病

毒和月球病

毒和计算机病毒

都　没什么不同　都

会让人　流鼻涕并且

失恋　（注：如果不

乱吃药　就　死不了人）

木卫二　与　病毒　其

实　从不相识

木卫二　供奉着　秃头歌女

病加毒　毒翻了　白雪公主

列车

树们　疯狂

退至　田野　至

山脉　至

时光的另一端

至　于车窗之

内　撞碎目光

各异的手

及众齿　咀嚼

着语言、纸牌和葵花子

窗畔熟睡少女

是谁初恋情人

列车开往古希腊

柏拉图以脊背感悟着列车　醉意的晃动　心惊肉跳
盘算着列车会不会　在到站前的某一刻　脱轨而出

他恨上铺　它让他仅仅在躺着的时候　才有个人样

灯熄了但他还不能睡　过了子夜就不再是正月十五了
月下树影如鬼魅　偶有人家处遍地大红灯笼

微积分

茶叶和烟叶
饲料般
填充
我的肺叶胃叶血叶以及
不眠夜

牛顿和莱布尼兹
是劳动公园的花匠
栽培出一捆一捆一捆的
郁金香

香!
茶叶烟叶般地香
肺叶胃叶血叶不眠夜般地香
饲料般地香!

赖床二十二行

闹钟
日复一日
挑拨
我和床的关系

闹钟
月复一月
挑拨
我和床的关系

闹钟
年复一年
挑拨
我和床的关系

日复一日
　月复一月
　　年复一年
我和床
依旧　亲密
　　　无间

真的梦中情人

敢于正视淋漓的鲜血

真的梦中情人

敢于直面惨淡的人生

归宿

自来水般清澈的免费汤
中　漂着仅有的一片西红柿
薄薄的　半透明
红红的　中央镂空
像　雕刻着花纹的半颗红月亮
是难得的一件艺术品啊
可我要填饱肚子
我的胃　是你的卢浮宫

十七年花雕

光以及时光
被折射成
通透的琥珀色
一丝诡异的苦味
映出女妖之脸庞

晦涩意象：第八枚硬币

我实在不知道

该如何阐述这

第八枚硬币

我从未曾拥有过

任何一枚硬币

更未曾拥有过

这八枚硬币中的

任何一枚硬币

我只能猜测

我猜测这八枚硬币

都是　硬的

对于硬币

我万分熟悉

却知之甚少

我只能猜测

八枚一元的硬币

和一百六十枚五分的

究竟谁更加高尚？

我只能猜测

我只能猜测

我实在对不起

这第八枚硬币
这些亮晶晶的
闪耀着生命光华
的硬币!
可我还是觉得
也许第七枚硬币
更锋利

简单意象：阴谋

是谁
用
光闪闪的金属
绑架了她
的
手指

让他
以
孤独的
一生
来
赎

孔子与蚊子

我不想杀你也不该　因为
你我曾是兄弟也许就在上辈子
更何况眼下是光天化日众目睽睽
更何况此时我头晕脑涨昏昏欲睡
你　走吧在喝足了我的鲜血之后
因为我不想杀你也不该
走吧走吧走吧不过要快
带着你的满腔热血一身清白

日记

今天上午我从精神病院跑出来
外面的阳光很好
满大街都是精神正常的人
其实我看上去也和这些精神正常的人
没什么两样
我就想为什么会没什么两样
本来不该没什么两样
于是顺手抄起道边的一枚方砖
顺手抛向这群
看上去精神正常的人

热寂

走着走着
就走进了酒瓶子里
像棵赤裸的人参
被酒精麻痹

走着走着
就走进了垃圾桶里
在鱼刺和碎玻璃间
寻找空隙

走着走着
就走进了鸡蛋黄里
天地混沌
神色迷离

走着走着
就走进了熵的怀里
温暖诡异
没有生还的余地

走着走着
就走进了黑暗里
无数易朽的虫子

将不朽蚕食

走着走着
就走进了虚无里
走进了无穷无尽的
循
环
里

新绝句：梦

身躯沦陷于床
传主梦中阵亡
圆圆圆的驴子
尸体踢进池塘

新训诂：羊生猪

吾生有牙　而知无牙

有牙

是一种幸福

牙好

胃口就好

身体倍儿棒

吃嘛嘛香

而知　是不幸的

无牙者的痛苦

恰是无尽的痛苦

我以蓝天的名义发誓

为而知

和所有的无牙者

镶上一口好牙

让这天下苍生

耕者有其田

居者有其屋

食者有其牙

新童话：桥

牛，我的

我的唯一的财产

我的亲人　我的生命

我的名字

牛皮，是用来吹的

只有吹鼓了

才能飞　上天

去那

淫色的河

不　是银色的河

去幽会那

七个仙女

不　是第七个仙女

我早已说过了

七月　整个七月

任何人都不许

打鸟

除了喜鹊

新童话:水晶鞋

灰色的姑娘的鞋
别人是无论如何也穿不了的
所以我想
灰色的姑娘的脚
一定是
极严重地畸形的脚

新动物：猪

猪

生来就注定是要

飞翔的

飞翔

是生命的意义

活着

绝不能

吃饱了就睡

这便是命运

猪飞

故猪在

面对寒光闪闪的屠刀

猪昂起头

说

不飞翔

毋宁死

新动物：牛

一头作为植物的牛
牛草或者叫作牛树
满身矍铄树皮
暗纹迂回
容纳万籁
雾中枝丫
切割无限之光明
刺破虚无

一头作为植物的牛
牛草或者叫作牛树
在众生争论中
结出满树眼睛

柔伊与芙洛拉

巴别塔

凌晨三点　起床读书
耶鲁学派　糟糕的译本

本想击案怒骂
却在心中默念：
"作为读者　我宽恕你们
我宽恕你们　我宽恕你们
——不可能的译者！"

近旁熟睡妻
腹中有我女

无忌集

"无忌集"所载乃小女无忌童言，
择其趣者，以为诗。

———————————

作品 0 号～作品 32 号：小女两岁
作品 33 号～作品 114 号：小女两岁半
作品 115 号～作品 148 号：小女三岁
作品 149 号～作品 171 号：小女三岁半
作品 172 号～作品 181 号：小女四岁

———————————

戏剧人物：

Gary 饰 Henry Higgins

Flora 饰 Eliza Doolittle、Tea Holmes

Joy 饰 Irene Adler

作品0号

巴别塔

一饿鲜戏梧六七八九席
A、B、虾、B、E、爱谱、K

面糕我有啊
鲜姨　你有吗？！

作品1号

停电夜

星星

有星星

有星星挂在树上呀

作品 2 号

举头望

爸爸　和我玩球

月亮!!!
还有……
星星　　好黑呀
黑猩猩

作品 3 号

品茗

你看看　你瞅瞅
我都玩累呐
我要沏：西　兰　花

作品 4 号

阿尔忒弥斯之迷思

月牙　不看见了

月亮有牙吗　爸爸

是谁挂上去的啊

黑豆伊　　黑豆伊　　黑豆黑豆伊

黑豆伊　　黑豆伊　　黑豆黑豆伊

黑豆伊　　黑豆伊　　黑豆黑豆伊

黑豆伊　　黑豆伊　　黑豆黑豆伊

鸡蛋鸡　　鸡蛋鸡　　鸡蛋鸡蛋鸡

密码密　　密码密　　密码密码密

!@#$%&*&%$#@!@#$%&*

作品 5 号

斯瓦希里语儿歌练习

库努瓦　库努瓦

一挤藤上七朵花

……………

娜——娜娜娜

叮当当咚咚当当

库努瓦……

……本宁大

嘿！

作品 6 号

素食主义者

月亮!
……没有星星啊
在后面吃草呐

作品 7 号

祈使句

哎呀!
我的天老爷　乖!

作品 8 号

美人鱼

完了完了完了
穿一个裤腿里了

干什么照相?
照相干什么!

作品 9 号

梦呓

我在这儿呢　妈妈
　　　我在睡觉呢
我已经睡着了

作品 10 号

戏剧——皮格马利翁

[清晨]

Eliza Doolittle：古奈特

Henry Higgins：早上不是应该说"Good Morning"吗？

Eliza Doolittle：古奈特

Henry Higgins："Good Morning"

Eliza Doolittle：古奈特

Henry Higgins：你不是刚睡醒吗？

Eliza Doolittle：古奈特

Henry Higgins：晚上才说"Good Night"

Eliza Doolittle：一样一样滴！

作品 11 号

戏剧——无理据拟声词

［翻阅《会说话的骨头》一书］

Henry Higgins：鳄鱼怎么叫？

Eliza Doolittle：啊

Henry Higgins：鳄鱼怎么叫？

Eliza Doolittle：呃

Henry Higgins：鳄鱼怎么叫？

Eliza Doolittle：嗷

Henry Higgins：鳄鱼到底怎么叫？

Eliza Doolittle：鳄鱼是啥玩意呀？

作品 12 号

橘颂

"绿叶素荣,纷其可喜兮。"
——屈原

吃橘
我拿我拿我拿
拿个带叶的

作品 13 号

假传圣旨

爸爸　看电视吧
看……小黄人
一边看电视
　　　一边吃东西
妈妈说同意了

作品 14 号

批评的诞生

"小兔子乖乖
　把门开开
　快点开开
　我要进来"

妈妈没有钥匙吗？

作品 15 号

山海经

红豆生南瓜
猫头燕子喵喵叫

作品 16 号

Gourmet

这瓜子啥口味的
酸奶味的?
巧克力味的?
草莓味的?

我还是吃糖吧

作品 17 号

The Devil Wears Prada

我还是穿妈妈鞋吧

爸爸鞋太难看啦

作品 18 号

晨光熹微

亮天了　爸爸

哇

外面亮天啦

屋里亮天了

哇

书房亮天了

厅里亮天了

都都都……阿——嚏!

作品 19 号

枣树

它俩都是球
它俩都是袜子
它俩都是糖
我不吃这玩意

巧克力的呢
在树上呢吧
不是不是
在另棵树上

作品 20 号

高山仰止

爸爸你躺吧

多舒服啊

爸爸你快躺地上吧

不脏啊!

作品 21 号

日晚倦梳头

木梳呢

没有啊

我咋没看见

我用木头吧

作品 22 号

现象学戏剧——回到事物本身

[两幢房子,一尖顶、一圆顶]

Henry Higgins：这个是哥特式建筑
　　　　　　　这个是拜占庭式建筑
Eliza Doolittle：这个是房子
　　　　　　　这个是房子

作品 23 号

戏剧——指鹿为马

[翻阅《关子岭的仙奶泉》一文]

Eliza Doolittle：这是虾

Henry Higgins：龙

Eliza Doolittle：虾

Henry Higgins：龙

Eliza Doolittle：龙虾

Henry Higgins：龙虾啊？

Eliza Doolittle：是啊！

作品 24 号

戏剧——声东击西

Irene Adler：这糖过期了
　　　　　　不许吃
Tea Holmes：我看看
　　　　　　妈妈你看手机
　　　　　　我看糖
　　　　　　妈妈你别看我

［剥糖纸］

作品 25 号

保鲜冰箱

我说鲜姨你有圣诞树吗我说
在冰箱里呐

作品 26 号

发号施/诗令

[将寝]

爸爸　躺这!
拿书!打开!
读诗!

作品 27 号

戏剧——康定斯基

［挥毫泼墨中］

Henry Higgins：你画的这是什么呀？
Eliza Doolittle：我画抽象滴

作品 28 号

Plan B

我　两岁　六岁
属马滴　属猫滴

作品 29 号

戏剧——擒王

[观剧]

Henry Higgins：这就是

巴巴爸爸、

巴巴妈妈、

巴巴祖、

巴巴拉拉、

巴巴丽博、

巴巴伯、

巴巴蓓尔、

巴巴布莱特、

巴巴布拉伯

Eliza Doolittle：巴妈长这么黑呀！

作品 30 号

戏剧——夜凉风静天将雪,星月结伴食素去

[夜,霾,望天]

Eliza Doolittle:月亮

Henry Higgins:灯

Eliza Doolittle:月亮

Henry Higgins:那不是路灯嘛

Eliza Doolittle:月亮没有了!

Henry Higgins:哪儿去了?

Eliza Doolittle:吃草去了

Henry Higgins:月亮也吃草去了?

Eliza Doolittle:月亮和星星都吃草去了

作品 31 号

戏剧——批发价

［翻阅《隐形狗》一书］

Eliza Doolittle：隐形狗给我买骨头

Henry Higgins：花了多少钱？

Eliza Doolittle：一块钱

Henry Higgins：买了几根？

Eliza Doolittle：三根

Henry Higgins：一根多少钱？

Eliza Doolittle：两块钱

Henry Higgins：一根不应该是三毛三吗？

Eliza Doolittle：两块钱！

作品 32 号

Olaf

人呢?
人洗澡去了

一边洗澡一边唱歌
唱的大头歌
洗的大象澡

咋还没洗完?
都洗化了

作品33号

同甘·共苦

小鱼！
爸爸　你吃这个
我吃这个

***

爸爸　你要不吃饭
就一起挨揍

作品 34 号

谁动了我的葡萄

被包子吃了
葡萄馅的包子

作品 35 号

戏剧——时光的力量

Irene Adler：这薄荷糖是辣的
　　　　　　你不能吃
Tea Holmes：给我留着吧
　　　　　　留到过年
　　　　　　就不辣了

作品 36 号

咒语·变奏

[——以某未名旋律——]

拿花　拿花　拿拿花
拿花　拿花　拿拿花花
爸爸　有一只猫
麻花　麻花　麻麻花
麻花　麻花　麻麻花花

作品 37 号

玛特廖什卡

这是娃娃
这是娃娃
这是娃娃
这是娃娃
这是娃娃
这是娃娃
那是娃娃

作品 38 号

戏剧——通感

[嚼紫薯片]

Eliza Doolittle：这薯片是巧克力味滴
Henry Higgins：你怎么品出来的？
Eliza Doolittle：黑乎滴

作品 39 号

戏剧——混沌馄饨

Irene Adler：妈妈中午没在家
　　　　　　你们吃的什么？
Tea Holmes：饺子　汤

作品 40 号

戏剧——禅定

[年]

Eliza Doolittle：什么声音？

Henry Higgins：鞭炮

Eliza Doolittle：吓我一跳

Henry Higgins：**摸摸毛　吓不着**

Eliza Doolittle：我那是头发嘛！

作品 41 号

商籁体——Do You Know the Muffin Man

Do you know the Mahun Mian

The Mahun Mian

The Mahun Mian

How do you know the Mahun Mian

Do you do you do you do

A-you do, a-you do

Munu munu gu

Wei baobao

Mai xuegao

Do you do you do

Gu duo wu, gu duo wu

Gu duo gu duo wu

To you to you two you you

Wo yao shui wujiao

作品 42 号

Light Is the Left Hand of Darkness

嘘——别吵吵

一吵吵　灯就震掉了

太吓人了

作品 43 号

Chung Kwei the Lion

爸爸你把吃的拿过来
不是，不是吃的
狮子！
还有帽子，还有眼睛，还有鼻子，还有嘴，还有围脖
它……打妖精呢！

作品 44 号

戏剧——传道

Henry Higgins：苟不学……
Eliza Doolittle：狗狗能学！

作品45号

免票

买火车
去北京

作品 46 号

戏剧——叙事圈套

［宴罢］

Eliza Doolittle：吃了面条，还有奶酪
Henry Higgins：你什么时候吃奶酪了？
Eliza Doolittle：昨天

作品 47 号

戏剧——Lucky Dog

[正月十七]

Irene Adler：晚上做面条
　　　　　　想吃什么样的？
Tea Holmes：草莓味的
　　　　　　奶酪味的
　　　　　　小狗味的

作品 48 号

地瓜

掰开

剥皮

糊弄糊弄

就能吃了

作品 49 号

戏剧——贪吃兔

Eliza Doolittle：小白兔　吃香蕉
Henry Higgins：小白兔吃香蕉吗？
Eliza Doolittle：吃啊　还有雪糕
　　　　　　　　吃多都吐了

作品 50 号

戏剧——Ballerina

［I'm busy getting dizzy! ——Wanda Gág］

Eliza Doolittle：转圈吧　爸爸
Henry Higgins：你转吧　我晕
Eliza Doolittle：好吧
　　　　　　　我忙忙碌碌
　　　　　　　我晕晕乎乎
　　　　　　　我忙忙碌碌
　　　　　　　我晕晕乎乎
　　　　　　　我忙忙碌碌
　　　　　　　我晕晕乎乎

作品 51 号

大音希声

大声听不见
小点声就听见了

作品 52 号

无为有处有还无

有就有

没有就没有

没有就有

有就没有

作品 53 号

午后的卡梅莉亚

我喝个茶
谢谢
真好喝呀

给你也倒个
请喝茶

哎呀哎呀
盖子掉了

作品 54 号

流明

他们家的灯
不　好　看
因　　　为
实在太亮啦

作品 55 号

烟为伊之眸

等烟囱
冒完了
　烟
就　去
建华村
　买
猫咪糖

作品 56 号

夜

太阳
被关上了

作品 57 号

月之牙

月牙

没有牙

笑掉大牙

作品 58 号

戏剧——菜单

我要个苞米
(清蒸还是酥炸？)
红烧吧

我还要个茶
(伯爵还是博士？)
要个红点的吧

我还要点
这个、
　这个、
　　这个……

作品 59 号

凯鲁亚克

妈妈歇一歇

爸爸歇一歇

宝宝歇一歇

火箭在路上

作品 60 号

Common Cold Controllable

我都感冒了
实在没控制好

作品 61 号

戏剧——易武薄荷塘

喝个茶

(大红袍还是水仙白?)

薄荷糖

(小本经营,恕无此款)

那……

棒棒糖吧

　　　　　　　[少主"茶""糖"二音不甚分明——跋]

作品 62 号

荒诞叙事学——它走

从前
有一个东西
它
走啊走啊
慢慢走啊

有一天
挡上看不着了

作品63号

桑德堡之雾

小猫走了
能看着了

作品 64 号

不速之客

［观剧］

这是啥玩意呀？
又一个广告啊！

作品 65 号

Ambrosia

我闻着了

真香啊

都吃了吧

作品 66 号

阿基米德与笛卡尔

蜗牛

蜗牛

螺旋线

作品 67 号

Alien Language, Uninteresting Is Nonsense

啥也听不懂
就没有意思

作品 68 号

戏剧——Hush

Eliza Doolittle：玩吧

Henry Higgins：玩什么？

Eliza Doolittle：玩游戏

Henry Higgins：什么游戏？

Eliza Doolittle：说话

Henry Higgins：说什么？

Eliza Doolittle：英语

Henry Higgins：你会说英语吗？

Eliza Doolittle：会说

Henry Higgins：你说吧

Eliza Doolittle：嘘——

作品 69 号

Aiwha

鲸鱼
飞

作品 70 号

Everyday Use

妈妈

你在早市

没看着

卖火箭的吗?

作品 71 号

三字诗

我要作诗:

"你讨厌!"

作品 72 号

作＝息

爸爸
我跟你工"作"吧

[60 秒后]

我"坐"完了

作品 73 号

戏剧——变形记

[手执白、黑橡皮泥]

Eliza Doolittle：捏到一块儿！
Henry Higgins：白色和黑色
　　　　　　　　捏到一块儿
　　　　　　　　变成什么色？
Eliza Doolittle：变成恐龙！！！

作品 74 号

荒诞叙事学——遂造巨鱼

搞创作
做个大鱼

做完了
河里的鱼

能游泳
能游四尺

名叫
"鱼叉哭"

作品 75 号

荒诞叙事学——恐龙故事

"从前啊——
　啥也没有了呗。"

我　讲　完　了

作品 76 号

戏剧——学舌

[电视节目：辨识形状]

Telly：Square

　　　Star

　　　Heart

　　　Rectangle

Flora：雪糕

　　　鸡蛋

　　　耗子

　　　隐形狗

作品 77 号

戏剧——密糖

Dramatis Personae
Irene Adler — Monarchess
Tea Holmes — Princess

［第一幕：书房］

Irene Adler：不许吃棒棒糖！
Tea Holmes：［独白］
　　　　　　藏起来就能吃了

［第二幕：密室］

Tea Holmes：［独白］
　　　　　　嘘——
　　　　　　吃完棒棒糖
　　　　　　妈妈再给我买一个新的

［第三幕：书房］

Tea Holmes：［向 Irene Adler］
　　　　　　我再也不吃棒棒糖啦
　　　　　　…………
　　　　　　真好吃呀！

作品 78 号

戏剧——A Capable Interpreter Is All Your Highness Need

Dramatis Personae

Tea Holmes — Princess

Henry Higgins — Royal Linguist

Tea Holmes： 推狗　推狗

　　　　　　不应　不应

Henry Higgins：Twinkle　twinkle

　　　　　　Bling　bling

作品 79 号

戏剧——道具

白雪公主
手里拿的
是 啥 啊

(答:苹果)

我还以为
　　是
西 红 柿
　　呢
哈 哈 哈

作品 80 号

陋室铭

这是咱们家

咱们家有书

咱们家有玩具

咱们家还有巧克力

还有板凳

还有矮板凳

咱们家真好喂

作品 81 号

记叙文

两个哥跑赛
我骑车呢

有个小朋友哭了
为什么?
不开心!

作品 82 号

戏剧——小者司夜

Eliza Doolittle：［指着月亮］
　　　　　　　　作品！
Henry Higgins：谁的作品？
Eliza Doolittle：我的作品！
Henry Higgins：你什么时候作的？
Eliza Doolittle：刚才！

作品 83 号

戏剧——Cornucopia

Irene Adler：你吃几个？

Tea Holmes：都拿来吧！

作品 84 号

戏剧——曼舞侏罗纪

［至于评审委员们说什么，她一点也不在乎了！

　　　　——埃米·扬《大脚丫跳芭蕾》］

Henry Higgins：三位评委分别是：

　　　　　　　贾庄董男爵三世

　　　　　　　乔治·根毕崇先生

　　　　　　　欧娜·劳乌柏女士

Eliza Doolittle：这是恐龙

　　　　　　　这是恐龙

　　　　　　　这是恐龙

　　　　　　　都是恐龙

作品 85 号

Frost and Fire

冰淇淋太烫

晾会儿再喝

作品 86 号

Melancholy Mozart

星星
星星
你别哭

你一哭
就挨揍

作品 87 号

戏剧——奇点

Henry Higgins：是姥姥　教你的吗？
Eliza Doolittle：是我自己　研究的！

作品 88 号

荒诞叙事学——Don't Bump the Glump

有奇怪的东西
"奇怪"来了

泡泡
　肚皮
　　耳朵
七只　耳朵

三角形的蜗牛
吃巧克力

作品 89 号

拟声词

我
不能吃这个
吃这个　就
鹅　鹅　鹅
就　吐　了

作品 90 号

Time is an illusion...

[7:00 a.m.]

爸爸快起来
都三点半了

作品91号

话语权

妈你听我说

蒲公英不苦

作品 92 号

两只老猫

迷你猫咪

迷你猫咪

猫咪吧

猫咪吧

中间不会

没有没有脑子

没有没有脑子

真耍赖

真耍赖

作品 93 号

述行

你是坏蛋

给你分到恐龙那边去

作品 94 号

荒诞叙事学——白垩纪往事

I. Genesis

很久很久以前

有个蛋

疙疙瘩瘩

跟妈妈玩呢

看！跟妈妈玩呢

II. Intermezzo

来火车来火车啦！

III. Peripeteia

骨碌骨碌骨碌

骨碌骨碌骨碌

骨碌骨碌骨碌

啪——嚓——

就摔倒了

就受伤了

她就　照顾他
她就　喂他果子吃
唰——唰——
喂他果子吃

IV. Catharsis

看脸说谢谢
她拿果子
他拿鱼

然后
又来一首
又来一首

V. Dénouement

霸王龙
再见！

霸王龙
再也没见……

作品 95 号

荒诞人种志——卡拉桑尼人

牠吃辣椒

牠不喝水

牠太辣啦

牠辣坏了

［刘宇昆（Ken Liu）在短篇科幻小说《思维的形状》（"The Shape of Thought"）中，以代词"牠"（Zie）指称卡拉桑尼人——跋］

作品 96 号

轻食主义

我不吃
我就看看
我打不开呀
给我打开
看一下

真好看呀
多好看呀
怎么掉出来了
吃一个吧

作品 97 号

他者

蚊子
是
可讨厌
可讨厌
的啦

它
要是
咬我
可怎么办
啊

作品 98 号

荒诞叙事学——姚五与金花

很久很久以前
有一个农场
里面住着
一个木梳
说：
别忘了
买个月亮回家

作品 99 号

无字天书

没有字
我啥也看不懂

后来也没看懂
再后来也没看懂

最后看懂了

作品 100 号

荒诞叙事学——蛋黄及其他荒诞程度不一的故事

I.

我都有点累了
还有点醉了
我还是跑两圈吧

II.

你抓不着我
月亮

III.

把水变成奶粉、
牛津、剑桥,还有苞米

IV.

今天
蛋黄有点不好意思了

V.

大苹果里面
住着一个滑梯

VI.

这是老巫婆
她的衣服也太黑啦!

作品101号

卡明斯的十六

[翻阅《费长房奇遇葫芦仙》一文]

　　　　　　石榴
　　　　　石榴　石榴
　　　　石榴　石榴　石榴
　　　石榴　石榴　石榴　石榴
　　　　石榴　石榴　石榴
　　　　　石榴　石榴
　　　　　　石榴

作品 102 号

戏剧——语言哲学

["What objects do number-words refer to?"]

Henry Higgins：数一数有几个：

一、二、三、四、五、六、七、八！

Eliza Doolittle："八"在哪儿呢？

作品 103 号

荒诞叙事学——柏拉图的药

我手有点疼

让蚊子咬了

妈妈给我买了

眼药水

作品 104 号

树屋，或非自然叙事学

我现在
在我的书里头

作品 105 号

Binary Opposition

吃香蕉的时候

不能穿草莓

作品 106 号

零点壹度时光

[语音合成]

现在时刻

上午九点三十六分

摄氏二十六点八度

现在时刻

上午九

现在时刻

上午

现在时刻

现在时

现在

现

嘻—嘻—嘻—嘻嘻喜

喜喜喜喜喜喜………

现在时刻

上午九点三十七分

摄氏二十六点九度

作品 107 号

Scented

我把
猫咪糖

藏到

爸爸茶叶里
了

作品 108 号

玄武

它像是一个乌龟
但它不是乌龟
它是一个蛇

作品 109 号

冷焰

月亮好亮
月亮里面有火

作品110号

让梨

他说不要了
他说吃够了
他说　谢谢

作品 111 号

荒诞叙事学——成语故事两则

I. 守株待兔

捡起来
一口吃掉了

II. 画蛇添足

酒壶
飞来飞去的

作品 112 号

古生物学

要专业!
要恐龙!
别咬我!

作品 113 号

戏剧——但糕

[小寿星看中一款三层生日蛋糕]

Eliza Doolittle：买这个蛋糕吧
　　　　　　　一摞一摞一摞的
Henry Higgins：但是
　　　　　　　这个蛋糕
　　　　　　　太大了
　　　　　　　吃不了
Eliza Doolittle：但是
　　　　　　　我可以小口吃

作品 114 号

Entropy

我以后再也不吃
雪糕和西瓜啦

以前也不吃了

作品 115 号

太空歌剧

我喜欢地球
也喜欢火星

作品 116 号

绕口令，或曰，前置定语形容词位置关系研究

小粉肥马

小肥粉马

粉小肥马

肥小粉马

粉肥小马

肥粉小马

［画外音：

其实

我是一只

独角兽］

作品 117 号

Sophist

I.

我今天出汗了嘛
就不能刷牙啦

II.

我今天被蚊子咬了
不能给你讲故事啦

III.

我今天很忙很忙的
不能查数

IV.

我在看电视呢
不能吃腰果

作品 118 号

太初有言

这是一朵小花
这可不是蜡烛

也不是
白色的小老鼠

作品119号

Cuisine

我给你

做一个

你从来没见过的

蛋糕

螃蟹味儿的

作品 120 号

江之永矣

江滨公园　有
好多好多江啊

作品 121 号

布鲁姆与诺丽

英文花
就变木梳
变呀变魔术

海苔！
一点都不辣
我跑一圈
然后再吃

作品 122 号

戏剧——真相

Eliza Doolittle：这个恐龙不吓人
Henry Higgins：因为副栉龙是食草的？
Eliza Doolittle：因为是假的

作品 123 号

荒诞叙事学——彩云

云彩不是什么坏人
云彩是坏掉了
扁扁的,放在车上
云彩就化了呀

作品 124 号

盛赞

那个弟弟

非常好

整天

哭来哭去的

作品 125 号

韵脚

这是我的脚
说错了
这是我的表

作品 126 号

弱水

[翻阅生日蛋糕定制手册]

我要买这个蛋糕

还要买这个蛋糕

还要买这个蛋糕

买这个,买这个

买这个这个这个

好啦,我选好啦

那能吃了(liǎo)吗?

不能!

我就吃一个

我的老天

我就吃一个

作品 127 号

原来是排骨

我把肉都吃了
把土豆都吃了
把大米饭也都吃了

把骨头吐出来了

作品 128 号

戏剧——反逻各斯

Henry Higgins：你为什么不和我说话啊？
Eliza Doolittle：我的嘴巴比较小啊！

作品 129 号

少主令

所有大人
到这边来
站好

你往那边点儿

预备——

吃饭的时候
别说话!

作品130号

平地兔与高山人

小白兔啊
不上高

小白兔啊
不太上高山

小白兔呀
不会上高山

只有我会上高山

作品 131 号

对早期文明史的考古发现

［翻阅众书签,纹饰精美,忽见字迹］

这个有字啊

看来是很重要的

作品 132 号

属相

猫没有耳朵
猫肯定没有耳朵

因为
猫属恐龙

作品 133 号

Anthropomorphism

地瓜跑得快

南瓜跑得快

包子跑得比较慢

虾仁饺子真好吃

作品 134 号

Pataphor

风是树的头发
船是海的头发

扎小辫儿
扎小辫儿

作品 135 号

Vegeprawn

虾饽饽
大又大
抽嫩芽
没长牙

作品 136 号

Presto！

大红袍
是我最爱

好香啊
你闻闻

把它变美
海马灯笼

大吉岭
是我最爱

我都没闻到
蛋壳冰淇淋

预备，齐——
变变变变变！
变成苞米
变成番茄

作品 137 号

Chewy

恐龙爱吃肉
恐龙不爱吃
猴皮筋

可以偶尔吃
猴皮筋
换换口味

作品 138 号

厨神

好久没吃
葡萄干了

咱们
用苹果
做几个
葡萄干
吧!

做几个
呢?

首先
把苹果切成片片
然后
切成条条
然后
切成很小的粒
然后
搁到瓶里面
最后

烤一烤
就
变成葡萄干
啦!

好吃!

整个过程
需要
十几天

作品 139 号

戏剧——V. I. Mission vs V. I. Game

Flora：爸爸陪我玩

Gary：我有一个很重要的工作

Flora：我有一个很重要的游戏

作品140号

荒诞艺术史——From Postimpressionism to Surrealism

画成
不同颜色的
这个
土豆

好看
是假的
不能吃

这个土豆
很神奇的
是超级土豆
能飞

要画全了
要不然
就被虫子
抓走了

作品 141 号

Toooooo...

我起得也太早了
我都没睡够

***

奖励太多了
都放不下了

***

茶叶太香了
我再闻闻

作品 142 号

Owlmate，or 康定斯基论点线面

秋　猫头鹰
他们是好朋友

这一大片　是秋
这一小块　是猫头鹰

作品 143 号

黑墨汁宝宝做汉堡

可爱的、好吃的、
又甜又美味的
汉堡

加点火腿肠
然后里面
加点黑墨汁

非常有学问

作品 144 号

荒诞进化论——初出海记

太阳挂到天上去

鱼呀 鱼呀 鱼呀
游呀 游呀 游呀
在水里
游游游游游游游

以后就住在
森林里面啦

作品 145 号

弈

我用白的
我先走

我不要摆交叉点上
我摆到空格里
因为我要摆个小狗

你看
我白色的是怎么摆的
摆得可好看了

我帮你摆
要像我这样
都摆满
看!
跟我的一模一样吧

接下来
我们摆个小恐龙吧

作品 146 号

Which

小南瓜和
西瓜奶酪

薯条让我们
变得更美丽

魔镜魔镜
谁最漂亮？
你听话啊
不要大声吼
不要大声叫

魔镜魔镜
你还说不说啥了？

魔镜吹起了口哨
呼——
呼——
呼——

作品 147 号

古之师者

我要给它取个名字
叫 风神翼龙
它驮了一身彩粉笔

作品 148 号

戏剧——The Task of the Translator

I. 哲人

Henry Higgins：One 是什么
Eliza Doolittle：万就是一

II. 译者

Henry Higgins：Two 是什么
Eliza Doolittle：兔就是 Rabbit

作品 149 号

现象学戏剧——食物

[字母饼干]

Henry Higgins：这是什么？

Eliza Doolittle：这是 C

Henry Higgins：这是什么？

Eliza Doolittle：这是 A

Henry Higgins：这是什么？

Eliza Doolittle：这是 R

Henry Higgins：这是什么？

Eliza Doolittle：这也是 R

Henry Higgins：这是什么？

Eliza Doolittle：这是 O

Henry Higgins：这是什么？

Eliza Doolittle：这是饼干！
    别可哪挑啦！
    吃的东西
    不能玩！

作品 150 号

论尾巴对生物多样性的标识作用

小心点
别踩到
猫尾巴

小狗也有尾巴
螃蟹　没尾巴
蛇　就是尾巴

作品 151 号

Bambotato

不要乱放
这竹子是
白雪公主家的
要不然
她饿了怎么办

她是熊猫？
不是啊！

竹子烤一烤
就变成土豆了
掰一个　烤一个
掰一个　烤一个
掰一个　烤一个
……

作品 152 号

登高处

王维他是

唐朝人

他会飞

作品 153 号

腊月十九

[掐指一算]

今天

明天

后天

大后天

小后天

小后天就

过小年啦

作品 154 号

童话集

白雪公主吃了坏王后

的毒苹果
小精灵就把她
塞到了小花瓶里

白马王子打开瓶盖
放出了
修炼千年的
白蛇公主

作品 155 号

盼仲夏

冬天　没桃子啊
夏天才有桃子啊
那夏天有蚊子吧
还好桃子不咬人

作品 156 号

Hawaii

哈
哇
咦

作品 157 号

冬眠七绝

圣诞节已经到了
宝贝们要睡觉了
听话的就睡屋里
不听话就睡外头

作品 158 号

柘

它是一块
叫作木头
的小石头

作品 159 号

细腰亚目之针尾部之蜜蜂科各物种

狗蜜蜂

猴蜜蜂

猪蜜蜂

熊猫蜜蜂

蜜蜂蜜蜂

作品 160 号

关于动物游乐园的唐诗

I.

从前,有一条长长的故事
然后,来了狮子,然后,小鸟
小鸟跟狮子问话:
什么什么呀,什么什么呀,什么什么呀?

然后,再重新开始

II.

工作,就是让我们来跳跳舞
然后,动物游乐园
然后,玩耍、蹦蹦、转一圈
大家来参观,飞

我的小动物们
真行啊

III.

然后,最后一个
凌波微步

然后，我的小手拍拍
也可以啊

好啦，完成了
唐诗写完了
你打印出来吧

作品 161 号

米其林菜品二则

I. 双龙宴

马卡龙
化成水
加点
龙虾片

就做好了

II. 无名岩

把这块
海边的石头
放到
茶杯里
不用加
其他佐料

这道菜
还没取名字

作品 162 号

同音字·唯名论·拓扑学

I.

葡萄是藤上长的
……
疼？哪儿疼啊？

II.

面包车
……
里面有没有面包啊？

III.

好大的蜘蛛网
……
是球门啊！

作品 163 号

鲲

我昨天做了一个小梦

梦见

一只唧唧叫的鱼

好高级

身上还有个三维码

作品164号

万圣节

南瓜最爱吃
薯条

把薯条吃了
南瓜就会长大
就会有力量了

南瓜撑得
圆圆的……
我们快帮帮他!

他长得
太
大
啦

作品 165 号

午觉

为什么要
睡午觉啊
天　还
亮兮兮的

作品 166 号

龙骑士

我梦见我
骑着蜻蜓
去捉蝴蝶

这是我的梦
也是我的梦想

刚才的话
说完了
沏成茶吧

作品 167 号

生物朋克

我爱吃桃子

我在吃桃子

两个桃子

一个是草莓桃子

一个是荔枝桃子

作品 168 号

白雪公主

从前
有个白雪公主
她的皮肤黝黑
裙子雪白

她很饿、很困
然后
她吃饱了就睡

作品 169 号

Free Association

狗　还有

猫　还有

鱼　还有

水　还有

海鸥　还有

老鹰　还有

大象　还有

香蕉　还有

苹果　还有

梨　还有

书　还有

灯　还有

电风扇　还有

盒子　还有

围棋　还有

玻璃　还有

窗帘　还有

沙发　还有

衣服　还有

手表　还有
哨子　还有
好吃的
没有火龙果

作品 170 号

戏剧——博弈论

Irene Adler：太热啦
　　　　　　扎俩小辫吧
Tea Holmes：不扎！
Irene Adler：你不热吗？
Tea Holmes：不热！
Irene Adler：那就不开空调了
Tea Holmes：其实
　　　　　　还是
　　　　　　有点热……

作品 171 号

Rain, Rain, Go Away

雨呀

下就下吧

别管它

大家都打着雨伞呢

作品 172 号

一七辙

挖呀

挖土机

挖到一个小东西

挖上来呀看一看

原来是块

橡皮泥

橡皮泥

做东西

就做一块

好橡皮

擦呀擦

擦干净

擦干净了

就可以

就可以

继续开

左右看

看见一个

红绿灯

红灯停

绿灯走

换块电池

继续开

我们继续

开到西

作品 173 号

逗你玩

他是相声演员啊
那他会踢足球吗?
他会说乱七八糟的东西啊
挺好的!

作品 174 号

Terza rima

没烦恼
这世界
多美妙

作品 175 号

荒诞叙事学——我和我

春天
我和我领手
左边这个是我自己
右边这个是我自己小时候
我领着我
去上幼儿园

左边这个我不太高兴
因为有点
赶不及上幼儿园了
右边这个我挺高兴
因为不用上幼儿园

地上是十朵花彩
天上是七朵云彩

作品 176 号

荒诞叙事学——发氏姐弟奇谭

从前
有个
发米粥
他姓发

后来
他就
打怪物去了

他就飞
坐在机器脑里飞
打怪物
稀里哗啦

再后来
姐姐来了
不是怪物的姐姐
是发米粥的姐姐
叫发面
她很白

小朋友们
你们记住了吗

作品 177 号

存在先于本质

Eliza Doolittle：我觉得
　　　　　　　　Bob the Builder
　　　　　　　　那个动画片
　　　　　　　　有点问题
Henry Higgins：政治不正确？
Eliza Doolittle：网络总错误！

作品 178 号

符码丛林

这个"横折"

好像 7 啊

这个"横折弯钩"

好像 2 啊

这个"横折折折钩"

好像 3 啊

这个"竖折折钩"

好像 5 啊

不对!

少一横

作品 179 号

Reclulu Centops

立可露露
有一百个眼睛
它可大了
它没有头发
它来自古希腊的
森林里

那是一个
老大老大的
森林
里面有很多
蜜蜂和蝴蝶

作品180号

狮峰新茗命新名

这款茶的名字
很好听　叫作
恐龙井

作品 181 号

荒诞叙事学——南怪

森林之王　大南瓜
它　走来走去
走来走去
走来走去
终于走到了
白麒麟市

遇到了一个　怪兽
南瓜问　干啥呀
怪兽　想来想去
想来想去
想来想去
说　我不会说话

今天是　南瓜故事的
最后一集
下次见
拜拜

无忌科幻奇幻别裁集

《作品 1 号：停电夜》

《作品 4 号：阿尔忒弥斯之迷思》

《作品 6 号：素食主义者》

《作品 15 号：山海经》

《作品 28 号：Plan B》

《作品 30 号：戏剧——夜凉风静天将雪，星月结伴食素去》

《作品 56 号：夜》

《作品 60 号：Common Cold Controllable》

《作品 69 号：Aiwha》

《作品 70 号：Everyday Use》

《作品 74 号：荒诞叙事学——遂造巨鱼》

《作品 82 号：戏剧——小者司夜》

《作品 86 号：Melancholy Mozart》

《作品 88 号：荒诞叙事学——Don't Bump the Glump》

《作品 98 号：荒诞叙事学——姚五与金花》

《作品 109 号：冷焰》

《作品 114 号：Entropy》

《作品 115 号：太空歌剧》

《作品 132 号：属相》

《作品 142 号：Owlmate，or 康定斯基论点线面》

《作品 144 号：荒诞进化论——初出海记》

《作品 152 号：登高处》

《作品 154 号：童话集》

《作品 159 号：细腰亚目之针尾部之蜜蜂科各物种》

《作品 163 号：鲲》

《作品 167 号：生物朋克》

《作品 175 号：荒诞叙事学——我和我》

《作品 176 号：荒诞叙事学——发氏姐弟奇谭》

《作品 179 号：Reclulu Centops》

《作品 181 号：荒诞叙事学——南怪》

> 蛇足言

书貌似树，貌似有机整体：形意完整、逻辑连贯、严密自洽。而文本则是蔓生的森林，边界模糊不明，内部杂糅丛生。书能够框定文本的边界吗？书能够规训文本的杂糅吗？一部全然严整的理想之书，恐怕只是逻各斯中心主义的迷思。

与此同时，书却又是文本作为出版物的形制，也是一切文字赖以生存的原始欲望。每一章节、每一段落、每一诗行、每一义素，都在吁求以书的形式存在和延续。哪怕"书"必定是一种比喻，必定是一种无形之物。

这便是书的悖论。